¿Quién cuenta en los Estados Unidos?

Cada 10 años respondemos esa pregunta en un conteo que se hace de cada una de las personas que viven en este país. Se llama censo y el próximo empezará en marzo de 2020.

En el último censo, ¡muchas familias olvidaron contar a sus bebés y niños pequeños!

Por eso, este libro ayudará a que todos aprendan a contar para el censo.

Pequeñines y adultos, ¡<u>TODOS</u> contamos!

Soy la señorita Faith.

Soy  donde vivo.

Pequeñines y adultos, ¡TODOS contamos!

¿Cuántas personas viven con usted?

En este libro mis amigos y yo ayudaremos a todos, jóvenes y adultos, a ser incluidos en el Censo 2020.

Este libro nos ayudará a todos a contar de la siguiente manera:

Los niños pueden aprender cómo contar usando las cuentas y las imágenes mientras usted lee en voz alta.

Juntos pueden buscar la página para encontrar respuestas a las preguntas sobre conteo, color y su cultura.

Aquí, los adultos aprenderán quiénes y por qué cuentan en el Censo 2020.

¿A quién se debe contar en el Censo 2020?

Este libro contiene respuestas sobre "quién cuenta" en todo tipo de familias. No hay dos familias iguales. Pero todos deben contar a cada una de las personas, jóvenes y adultos, que viven en su "hogar" el 1 de abril de 2020.

¿Qué significa hogar?

Para el censo, un hogar se compone de las personas que viven en la misma dirección. Hay muchos tipos diferentes de hogares. En este libro conocerá familias que viven en una casa, un apartamento o casa móvil.

Algunas personas viven en hogares solo con sus parientes. Algunas personas viven en hogares con muchas personas diferentes. ¡Aprendamos juntos cómo contar a todos estos hogares!

Mi nombre es Katya...

Somos — 1 2 — donde vivo.

Pequeñines y adultos, ¡TODOS contamos!

¿De qué color es el vestido de Katya?
¿De qué color es la blusa de su mamá?
Ahora, ¿de qué color es tu ropa?

Katya vive con su mamá casi todo el tiempo. Pero cuando su mamá trabaja hasta tarde, Katya pasa la noche con su abuela o su tía.

¿Quién debe contar a Katya en el censo?

Su madre anota a Katya en el censo porque Katya se queda la mayoría de las noches con ella.

Los niños deben ser contados en el lugar en donde duermen la mayoría del tiempo. Algunos niños duermen en diferentes lugares por lo que posiblemente no es claro en dónde pasan la mayoría de las noches.

En ese caso, cuente a ese niño en el lugar en que durmió la noche del 1 de abril de 2020.

Mi nombre es James...

Somos 1 2 3 donde vivo.

Pequeñines y adultos, ¡TODOS contamos!

El nuevo hermanito de James todavía
está en el hospital. ¡Pensemos en un buen
nombre para el hermanito de James!

Es confuso. Hay 3 personas en donde vive James. ¡Pero ahora son 4 en su familia! ¡Su mamá acaba de tener un nuevo bebé! Pero el bebé todavía está en el hospital.

¿Quién debe ser contado?

¡Es un conteo confuso! Los recién nacidos que aún están en el hospital se cuentan con su familia. Hay 3 personas en donde James vive. Pero en el censo hay 4 en el hogar. James, sus padres y su nuevo hermanito, todos son contados en el mismo censo.

¡No lo olvide! Incluso los bebés que aún están en el hospital deben ser contados en el censo. El censo se hace cada 10 años. Si James o su hermanito no son contados en ese momento, ¿de qué manera su comunidad sabrá lo que necesitan para los próximos 10 años? Si James no es contado, es posible que no haya un asiento listo para cuando empiece a estudiar en el kinder. Es posible que los programas de cuidado infantil tanpoco tengan cupo para su hermanito.

Hay ①②③④ contados en este cuestionario del censo.

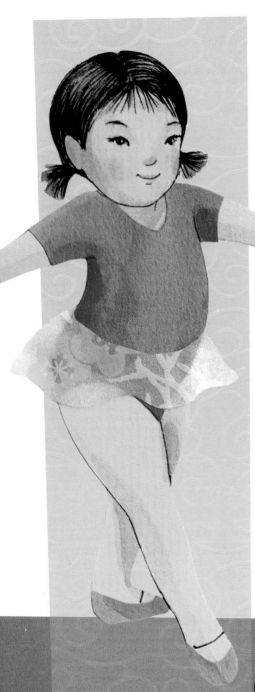

Mi nombre es Sophea...

Somos 1 2 3 4 donde vivo.

Pequeñines y adultos, ¡TODOS contamos!

Veo una cuenta verde ¿puedes encontrarla?
Te doy una pista, estoy señalando la
anaranjada, estoy señalando la morada y
ahora estoy señalando la...

Sophea, su hermano Kadir, su madre y padre, todos viven juntos en la misma dirección.

¿Quiénes deben ser contados?

Todos ellos son contados como un hogar.

En el último censo, ¡muchas familias olvidaron contar a sus bebés y a los niños pequeños! Entonces, el gobierno no sabía que esos niños existían. Los estados obtienen el dinero para cuidado infantil, escuelas y servicios de salud basándose en el número de niños contados en el censo.

¡Nuestra comunidad seguramente podría usar este dinero!

Mi nombre es Frankie...

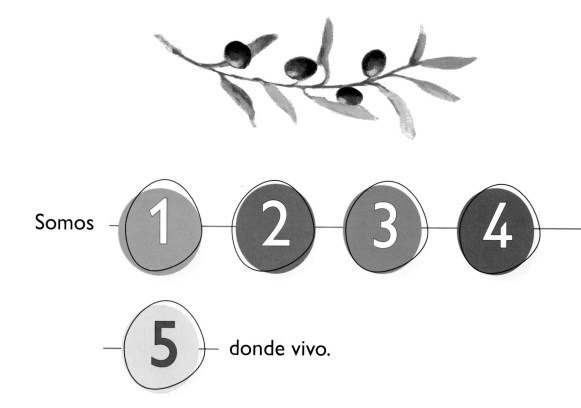

Somos 1 2 3 4

5 donde vivo.

Pequeñines y adultos, ¡TODOS contamos!

¿Quién crees que es el mayor?
¿Frankie o su hermano?
¿Por qué piensas eso?

Frankie, su hermano Tomás y su hermana, Nina, viven con sus abuelos, Nonno y Nonna. Pero, sus abuelos viven en una vivienda que es sólo para personas mayores. Cuando alguien pregunta, todos fingen que Frankie, Tomás y Nina sólo están de visita.

¿Quiénes deben ser contados?

Frankie, Tomás, Nina y sus abuelos, todos cuentan en el censo. Las respuestas verdaderas en el censo ayudarán a su comunidad. Ellos NO se meterán en problemas por esas respuestas.

¿Por qué? Por ley, el censo es privado y sus respuestas no son compartidas con nadie, ni con arrendadores o agencia policial. La información sólo se usa para responder grandes preguntas sobre las comunidades, como ¿cuántas personas viven en esta ciudad? ¿Qué edades tienen y de qué raza son? Preguntas como estas pueden ayudar a todos a comprender lo que las personas y las comunidades necesitan.

Por ejemplo, si el censo muestra que un barrio tiene muchos niños pequeños, el gobierno local puede planificar abrir otra escuela, cambiar las leyes o construir nuevas viviendas para que niños como Frankie, Tomas y Nina puedan vivir sin preocupación en la vivienda para personas mayores donde viven sus abuelos.

Mi nombre es María...

Somos  **1** **2** **3** **4**

5 **6** donde vivo.

Pequeñines y adultos, ¡TODOS contamos!

¿Qué cuenta es del mismo color que los chiles picantes? ¿Qué color es ese? ¿Puedes encontrar alguna otra cosa de ese color en esta página?

¡Llenar este formulario del censo será un poco confuso! A veces hay hasta 6 personas en donde vive María. Pero los hermanos de María no están viviendo en casa ahora mismo. Juan vive con su tía. Carlos está en el ejército. Rosa es la hermana adoptiva de María y ahora vive en el hogar.

¿Quiénes deben ser contados?

Solo 4 personas – María, Rosa, su madre y padre son contados en este censo.

Los niños que están en cuidado adoptivo temporal se cuentan en donde viven. Por eso, Rosa es contada con la familia de María.

Juan vive con su tía. Por esa razón, él debe ser contado en el formulario del censo de su tía.

Los miembros de la familia que estén en el ejército, como Carlos, serán contados por el ejército. Cualquiera que viva lejos de su hogar, en una universidad, prisión, en un refugio de indigentes, o personas sin vivienda, institución de cuidado para ancianos, o cualquier otro lugar, serán contados allí.

Entonces hay ①②③④ *contados en este formulario del censo.*

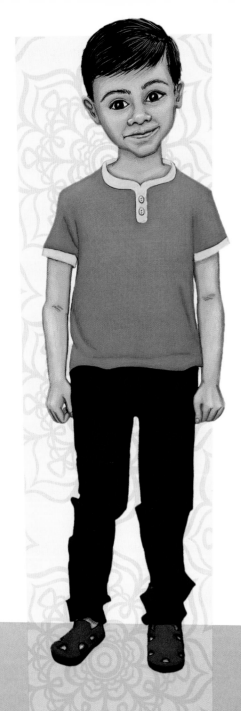

Mi nombre es Sami...

Somos 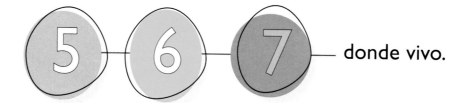 donde vivo.

Pequeñines y adultos,
¡TODOS contamos!

Sami tiene seis años. ¿Puedes
encontrar la cuenta con el número 6?
¿De qué color es esa cuenta?

14

Sami y su hermana Aisha viven con sus padres y su abuela. Muchos parientes se quedan en la casa de Sami cuando vienen por primera vez a vivir a los Estados Unidos. El tío Omar está viviendo con ellos por ahora. También el primo Joe.

¿Quiénes deben ser contados?

Cualquiera que se quede en la casa de Sami el 1 de abril de 2020 y que no tenga otra dirección fija, debe ser contado.

Esto incluye a Sami, su madre, padre, abuela, su hermana Aisha y primo Joe quien está aquí para estudiar. ¡No olvide al tío Omar! A pesar de que está durmiendo en el sofá hasta que encuentre un nuevo lugar, él debe ser contado con la familia de Sami.

15

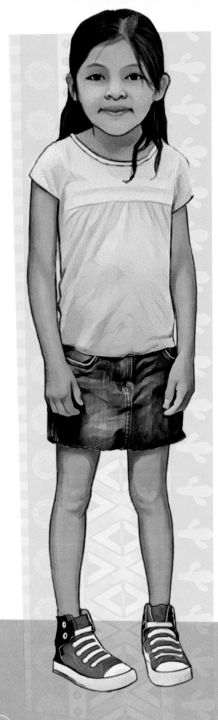

Mi nombre es Frida...

Somos (1) (2) (3) (4)

(5) (6) (7) (8) — donde vivo.

Pequeñines y adultos,
¡TODOS contamos!

¿Puedes encontrar a Frida y a su madre en esta imagen? Una pista: La madre de Frida está usando una blusa del mismo color de la cuenta con el número 4.

Frida vive con sus padres, su hermano, su abuela, su tía Elena y 2 primos. Ellos se mudan cada primavera para que los padres y la tía de Frida puedan trabajar.

¿Quiénes deben ser contados?

Toda la familia de Frida debe ser contada en donde estén viviendo el 1 de abril de 2020.

Si la familia de Frida no recibe una invitación del censo con un número de identificación del censo, es posible que se haya perdido mientras se mudaban.

La familia de Frida puede llamar a la Línea de ayuda del censo para averiguar su número. El número de teléfono está en la última página de este libro. También pueden completar el censo en el Internet aún sin tener su número de identificación del censo.

Mi nombre es Shanti...

Somos 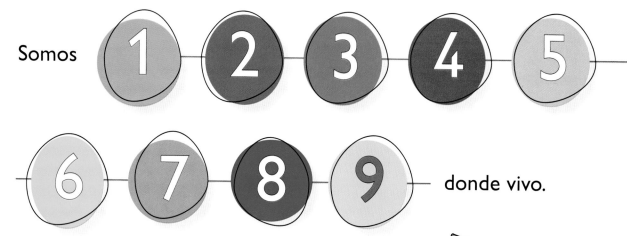 donde vivo.

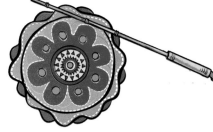

Pequeñines y adultos,
¡TODOS contamos!

Hay **9** personas que viven con Shanti.
Contemos juntos hasta **9** con los dedos.

Shanti acaba de venir con su madre, padre y su muñeca favorita para vivir en los Estados Unidos. Afortunadamente, otra familia que vino de su mismo pueblo convirtió su garaje en un hogar para que Shanti y sus padres puedan vivir. **¿Quiénes deben ser contados?**

Shanti y su familia viven en el garage como su propio lugar privado. Pero comparten una dirección con otra familia. Por lo que no recibirán una carta o invitación en el correo por parte de la Oficina del Censo con su número de identificación del censo.

Sin embargo, ¡la familia de Shanti necesita ser contada! El papá de Shanti puede llamar (o ir al internet) para completar su censo en un formulario llamado "Cuestionario sin identificación". Anotará la "Descripción de la ubicación" como una "unidad separada ubicada en la dirección compartida".

Mi nombre es Patience...

Somos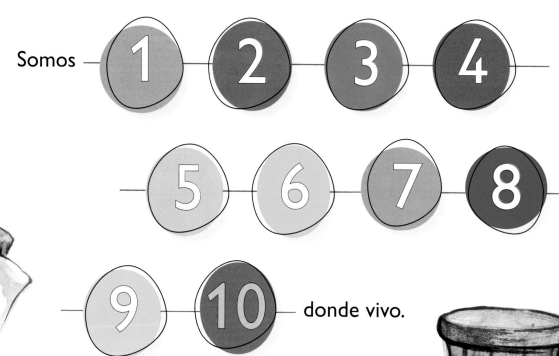

1 2 3 4

5 6 7 8

9 10 donde vivo.

Pequeñines y adultos,
¡TODOS contamos!

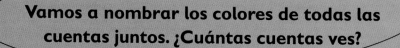

Vamos a nombrar los colores de todas las
cuentas juntos. ¿Cuántas cuentas ves?

Patience y su mamá viven en el apartamento 5G. Ellas no conocen a algunas de las personas que comparten el apartamento 5G con ellas. Muchas personas vienen y van. Algunas son amistosas, otras son reservadas.

¿Quiénes deben ser contados?

Cada persona que vive en el 5G, joven y adulto, deben ser contados juntos en el mismo formulario del censo.

Cualquier adulto que vive en el apartamento 5G puede completar el formulario y debe asegurarse de incluir a todos los que viven allí. Incluso si es un subarriendo ilegal, será seguro dar esta información al censo.

Sólo los trabajadores del censo verán esta información. Por ley ellos no podrán compartir esta información con el arrendador, inmigración u oficiales de seguridad o policiales. Si el formulario no es completado, un trabajador del censo llegará al apartamento para ayudarle a completarlo. Si no quiere recibir esta visita, entonces necesita completar el formulario a finales de marzo.

Debido a la pandemia del coronavirus, la fecha límite se ha extendido.

Los adultos hablan sobre el censo

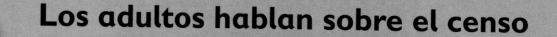

Si fuera a celebrar una boda o a invitar a todos sus vecinos a una fiesta, lo primero que se preguntaría sería,

¿cuántas personas vendrán? y *¿cuánta comida necesitaremos?*

Ese es un conteo de los invitados, ¡Ese es un censo!

¿Cómo funciona el censo?

En marzo, cada hogar recibirá una carta de la Oficina del Censo de los Estados Unidos. Esa carta es una invitación para participar en el censo. Cada carta tiene un número de identificación. Usted usará ese número para completar el formulario del censo. Puede completar el cuestionario en el momento si llama por teléfono o se conecta al internet con una computadora o teléfono inteligente. También puede recibir un formulario por correo que puede completar a mano, o llamar para solicitar un cuestionario del censo impreso.

Si no completa el formulario o no responde todas las preguntas:

Es posible que un trabajador del censo lo visite en mayo. Revise que tenga identificación y atiéndalo. ¡Es posible que el visitador del censo hable su idioma!

No me importa cuántas personas viven en mi comunidad. ¿Qué tiene que ver conmigo esto del censo?

Todos pagamos impuestos ¿verdad? ¡A veces se siente como si eso es todo lo que hacemos! Impuesto en el salario, impuestos en las cosas que compramos y en las que vendemos.

Una parte de los impuestos se dirige al estado, otra parte a su condado o ciudad, y otra parte (llamada impuestos federales o nacionales) va directo para Washington DC.

Todo ese dinero de impuestos suma más o menos $900 mil millones de dólares.

¿Cree que no tiene voz y voto sobre la forma en que el gobierno gasta ese dinero? ¡Sí tiene voz y voto!

El gobierno usa los resultados de los censos para saber:

- Cuántas personas viven en su comunidad.

- Las edades de las personas que viven en su comunidad.

- Los servicios que probablemente su comunidad necesite.

- Cuánto dinero se debe asignar a esa comunidad para pagar esos servicios.

Por eso, si usted participa en el censo y es parte del conteo, entonces la porción del dinero que usted pagó en impuestos regresa a su comunidad. **Ese dinero sirve para pagar los servicios que <u>todas</u> nuestras familias necesitan y usan.**

¿No quiere que un trabajador del censo toque a su puerta?

Complete el formulario rápidamente, por medio del internet, teléfono o correo.
Llame al número que aparece al final de este libro para solicitar ayuda.

Participo en el censo para ayudar a mi familia y a mi comunidad.

El papa de Frida sabe que en el 2010 muchos niños pequeños no fueron contados en el censo.

Por esa razón, durante los últimos 10 años muchos niños no obtuvieron su parte de los $675 mil millones de dólares al año para financiar su salud, educación y vivienda.

¡Sus niños, su familia y toda nuestra comunidad **necesitan** que complete el cuestionario del censo y sea contado!

Los resultados del censo aseguran que los fondos sean enviados a las comunidades de los Estados Unidos...

Para que **James** pueda tener el mejor cuidado infantil cuando sus padres van a trabajar.

Para que **Sophea** reciba atención médica que sus padres puedan pagar.

Para que la hermana adoptiva de **Maria** tenga un hogar con una familia que la proteja.

Para que **Frida** pueda ir a la escuela cerca de su casa y reciba una comida escolar por un precio adecuado.

Para que **Katya**, **Frankie**, **Sami**, **Shanti**, and **Patience**, sus familias y todas nuestras familias reciban los servicios que nuestro gobierno nos promete por haber pagado nuestros impuestos: como el departamento de bomberos, carreteras e incluso el servicio de recolección de basura. Los servicios del gobierno que todos usamos y necesitamos se basan en nuestra respuesta al censo.

La cantidad de dinero que una comunidad recibe para programas que mantienen a los niños fuertes y saludables **se decide sólo con base en los resultados del censo**. Sin políticas, sin engaños, sólo la respuesta a una pregunta, ¿cuántos niños viven en esta comunidad?

Si su familia no es contada en el censo, entonces el gobierno no sabe que existen allí. Su parte del dinero podría asignarse a otra comunidad.

El censo tiene que ver con algo más que sólo dinero. El censo se trata de democracia.

Si usted y su familia no son contados en el censo, entonces su comunidad tendrá menos poder, voz y representación en su gobierno nacional, estatal y local.

El Congreso de los Estados Unidos tiene 535 miembros votantes: 435 representantes y 100 senadores.
- Cada estado, sin importar cuántas personas viven allí, envía a 2 senadores al congreso.

Siempre hay 435 representantes.
- Pero cada 10 años, después del censo, el número de representantes que cada estado puede elegir, se divide de nuevo. Mientras más personas, más representantes...

Algunos estados y otros organismos de gobierno como consejos de la ciudad, también usan el censo para dividir el número de asientos en el área legislativa de su estado, condado o ciudad.

El número de personas que viven en un estado también determina cuántos "votos" (en el colegio electoral) tiene ese Estado para elegir a un **presidente.**

Dato interesante

Los millones de estadounidenses que viven en Washington, DC y los territorios de las Islas de los Estados Unidos, Puerto Rico, Islas Vírgenes, American Samoa, Guam y las Islas Marianas del Norte, cada una está representada por 1 representante no votante del Congreso. Los casi 4 millones de residentes de estos territorios de los Estados Unidos no pueden votar por un presidente..

Usted merece tener representantes que provengan de su comunidad y puedan asegurar que la voz de su comunidad sea escuchada.

Lo que escucho sobre el censo y la migración es confuso.

Las personas están confundidas sobre las preguntas que les harán en el censo.

El censo cuenta cuántas personas hay en el país, sin importar su edad, raza, etnia o estatus migratorio.

No le pregunta su ciudadanía o estatus legal.

No le pregunta cuándo o si vino aquí desde otro país.

Sus preguntas no serán compartidas con ninguna otra agencia del gobierno.

Ahora mismo en los Estados Unidos hay información que sugiere que solo algunas familias y algunas voces cuentan.

Pero los Estados Unidos como nación es más fuerte cuando cada uno nos contamos.

La mayoría de las familias en este país llegaron aquí como inmigrantes. A algunas de las que vinieron hace 100 años también les dijeron que ellas no contaban.

Su familia y su comunidad importa y merece ser contada.

Por supuesto, si su familia ha estado en los Estados Unidos por mucho más tiempo que <u>muchos de nosotros</u>, ¡puede estar seguro de que también cuenta! El censo cuenta a los nativos de América, de Alaska, isleños del Pacífico, y otras personas de los primeros pueblos que habitaron el país. Cuando usted y sus hijos son contados, los gobiernos tribales reciben la cantidad adecuada de financiamiento para muchos de los programas de los que su familia depende.

Complete el formulario del censo para que cada uno de nosotros cuente en la historia de los Estados Unidos.

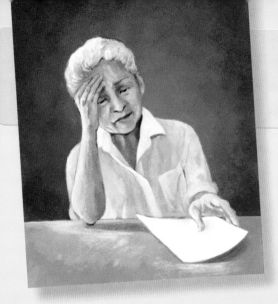

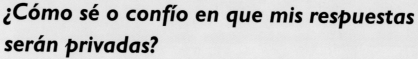

¿Cómo sé o confío en que mis respuestas serán privadas?

La privacidad es importante. ¡Hacer un conteo correcto también es importante! De la siguiente manera las personas que hacen el censo protegen su privacidad:

- Las respuestas al censo se separarán de su nombre y dirección.

- La información que lo conecta a sus respuestas del censo se guardará de una manera segura.

- Por ley, su información privada no se compartirá con ninguna otra persona o agencia de gobierno. No es compartida con el IRS, FBI, DHS, CIA o ICE, ni siquiera con su arrendador.

- Los trabajadores del censo hacen un juramento para mantener sus respuestas privadas. Pueden ir a la cárcel hasta por 5 años y pagar una multa de $250,000 si no lo cumplen.

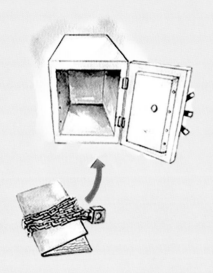

Sus respuestas al censo, sin su nombre o dirección, son agregadas a las respuestas de todos, y se usan para explicar "el gran panorama" de su comunidad, ciudad, condado o estado.

Las respuestas de millones y millones de norteamericanos pueden después guiar las decisiones para la planificación gubernamental y comercial.

La información del censo se usa para responder preguntas como:

¿Cuántos estudiantes de secundaria podría esperar nuestro condado en el 2025?

¿Hay nuevas áreas de vivienda que requieran un supermercado que venda frutas y vegetales frescos?

Leímos que el censo se podrá llenar por Internet. ¿Cómo funcionará?

En marzo recibirá una invitación por correo para participar en el censo. Esta invitación le dará un número de Identificación del Censo y le informará cómo participar por Internet en **my2020census.gov**

La forma más segura de participar en el censo por Internet es asegurarse de que está en el lugar correcto, es escribir la dirección usted mismo en lugar de seguir un enlace.

No caiga en un fraude.
La oficina del censo nunca le pedirá:

- Números de seguro social.

- Números de cuentas bancarias o de tarjetas de crédito.

- Dinero o donaciones.

- Alguna información de interés para un partido político, o a qué partido apoya usted.

¿No acostumbra a usar internet?
El número de teléfono para llamar, participar en el censo y hacer preguntas está anotado en la contraportada de este libro.

Participar en el censo no lleva mucho tiempo; tan sólo 10 minutos.

Pequeñines y adultos,

¡<u>TODOS</u> contamos!

¡Recuerde!

Usted recibirá una invitación de la Oficina del Censo en marzo.

Todos deberían ser contados, sin importar la edad, raza, etnia o estatus migratorio.

Puede participar en el censo por teléfono, Internet o por correo. Si llama, una persona que habla su idioma le puede ayudar.

El censo cuenta a todos en el lugar donde viven el 1 de abril.

¡Cuente a todos los niños! Si su bebé aún está en el hospital, pero nació el 1 de abril o antes, ¡entonces el censo también contará al bebé!

Participar en el censo sólo tomará 10 minutos, pero ayudará a obtener millones de dólares a su comunidad para pagar por escuelas, cuidado infantil, servicios de salud y otros programas de los que todos dependemos.

Sus respuestas serán privadas. Su nombre y dirección se separarán de su formulario para tener un panorama más amplio de su comunidad.